Dieses Buch gehört

Qualität von Oetinger

Büchersterne

Liebe Eltern,

Lesenlernen ist eine Meisterleistung. Es gelingt nur Schritt für Schritt. Unsere Erstlesebücher in drei Lesestufen unterstützen Ihr Kind dabei optimal. In den Büchern für die 1. Klasse erleichtert eine große Fibelschrift das Lesen, und der hohe Bildanteil hilft, das Gelesene zu verstehen. Mit beliebten Kinderbuchfiguren von bekannten Autorinnen und Autoren macht das Lesenlernen Spaß. 16 Seiten Leserätsel im Buch laden zu einer spielerischen Auseinandersetzung mit dem Text ein.
So werden aus Leseanfängern Leseprofis!

Manfred Wespel

Prof. Dr. Manfred Wespel

Büchersterne – damit das Lesenlernen Spaß macht!

www.buechersterne.de

Mit Büchersterne-Rätselwelt

Erhard Dietl

Die Olchis und der Schmuddel-Hund

Verlag Friedrich Oetinger · Hamburg

Inhalt

Nichts los auf dem Müllberg?

Der Müllberg ist für die Olchis
ein Paradies.
Hier haben sie alles,
was sie brauchen:

Matschpfützen, rostige Dosen,
Fischgräten, Ofenrohre
und jede Menge anderen Krempel.

Olchi-Mama hat fein gekocht.
Es gibt Schmuddel-Eintopf
mit geriebenen Schuhsohlen.
Und Rostnagel-Suppe
mit Fahrradöl.

Nach dem Essen
meckern die Olchi-Kinder:
„Was sollen wir spielen?
Uns ist so furz-langweilig!“

„Setzt euch in eine Pfütze
und macht ein paar Matschknödel!“,
schlägt Olchi-Papa vor.

„Matschknödel sind auch
furz-langweilig!“,
brummelt das eine Olchi-Kind.

Olchi-Oma hat eine bessere Idee:
„Spielt doch
mit unseren Haustieren!
Wir haben hier so nette
Kröten und Ratten,
Fliegen und Spinnen!“

„Na gut“,
sagen die Olchi-Kinder.
Mit den Kröten wollen sie
um die Wette hüpfen.

Doch die Kröten machen nur
„Quoak! Quoak!“
und bleiben einfach
in den Pfützen sitzen.

Auch mit den Ratten
kann man heute
nicht viel anfangen.

Sie dösen lieber faul
in ihren Hängematten.

Und was soll man
mit den Fliegen spielen?

Wenn die Olchis
rülpsen oder gähnen,
dann stürzen sie ab
und fallen tot auf den Boden.

Auch die dummen Spinnen
haben wie immer
zu gar nichts Lust.

„Unsere Haustiere
sind furz-langweilig!“,
jammern die Olchi-Kinder.

„Dann kümmert euch
ein bisschen um Feuerstuhl!“,
schlägt Olchi-Opa vor.

Der Olchi-Drache schläft
in seiner Garage.

Er braucht immer
mindestens 24 Stunden Schlaf.

„Wenn wir ihn wecken,
ist er schlecht gelaunt“,
sagen die Olchi-Kinder.
„Drachen sind auch furz-langweilig.“

Plötzlich sehen sie
ein unbekanntes Tier
über den Müllberg laufen.

Es hat vier Beine
und hinten
einen lustigen Schwanz.

Mit seiner
schwarzen Nase
schnüffelt es im Müll herum.

Das neue Haustier

„Das ist ein Hund!“,
erklärt ihnen Olchi-Opa.
„Mit Hunden kenne ich mich aus.

Vor vierhundert Jahren
hab ich selber welche gehabt.
Mindestens fünfzig Stück!“

„Opa, du flunkerst wieder!“,
rufen die Olchi-Kinder.
Sie rennen
zu dem Hund hin.

Er hat ein weiches Fell
und lässt sich gerne streicheln.

„Du bist ein nettes Tierchen“,
sagt das eine Olchi-Kind.
„Aber leider schrecklich sauber!“

„Und du stinkst nach Parfüm“,
sagt das andere Olchi-Kind.

„Wuff!“, macht der Hund.

Er wedelt
mit dem Schwanz
und schnüffelt am Käsefuß
vom Olchi-Kind.

Die Olchi-Kinder reiben
den Hund
mit braunem Matsch ein.

Jetzt sieht er gleich
viel krötiger aus.

In Olchi-Papas Badewanne
bekommt er
ein schönes Müllbad.
Danach müffelt er schön olchig.

„Läusefurz und Klopapier,
jetzt haben wir
ein Müffel-Tier!“,
freuen sich die Olchi-Kinder.

Kunststücke

Der Hund darf nun
Kunststücke lernen.
Er ist sehr schlau.
Er kann Männchen machen
und Pfötchen geben.

Auf der Schnauze kann er
einen Knochen balancieren.

Drei Sekunden lang!

Dann will er den Knochen
nicht mehr hergeben.

Olchi-Mama kommt
aus der Höhle.

Sie stellt ihm
einen Topf Stinker-Brühe
vor die Nase.
„Vielleicht hat er Hunger?“,
überlegt sie.

Der Hund frisst alles auf.
Er leckt sogar
die Schüssel leer.

Zum Nachtisch gibt es
vergammelte Fische.

Danach duftet es
aus dem Hunde-Maul
ganz besonders olchig.

Der Hund springt
mit den Olchi-Kindern
über Kisten und Autoreifen.

Er krabbelt durch Rohre
und wälzt sich
im Schlamm.

Er bellt laut
und weckt damit
den Drachen auf.

Er jagt die Ratten
über die Müllkippe.

Er vertreibt die Kröten
aus der Pfütze.

„Rostiger Stinkerich!“, schimpft Olchi-Opa. „Hat dieses Vieh denn nur Unsinn im Kopf?“

Da taucht ein feiner Herr am Müllberg auf. Er blickt sich suchend um und ruft: „Akira! Akira!“

Akira

Der Hund spitzt die Ohren
und läuft zu ihm hin.

„Endlich hab ich
dich gefunden!",
freut sich der Mann.
„Ich hab dich so vermisst!"

Er nimmt den Hund
an die Leine
und rümpft die Nase.

„Meine Güte,
wie du riechst!
Und wie du aussiehst!
Wo hast du dich
nur wieder gewälzt?“

„Er hat mit uns gespielt!“,
rufen die Olchi-Kinder.
„Er ist nämlich
ein Schmuddel-Hund!“

„Na, das kann man
wohl sagen“,
sagt der Mann und lacht.
„Zu Hause kommt er gleich
in die Wanne.“

„Er ist sooo lieb!“,
rufen die Olchi-Kinder.
„Darf er noch ein wenig
bei uns bleiben?“

Der Mann
schüttelt den Kopf
und sagt:
„Ich denke nicht,
dass die Müllkippe
der richtige Spielplatz
für Akira ist.“

Der Hund schnüffelt
an den Hosen
der Olchi-Kinder.
Er wedelt mit dem Schwanz.

„Siehst du, er mag uns!“,
rufen die Olchi-Kinder.

„Wir passen gut
auf ihn auf.
Wir werfen ihm Stöckchen
und Knochen.

Unser Opa hat schon mal
fünfzig Hunde gehabt.
Wir kennen uns aus!“

Der Mann überlegt.
„Na schön“, sagt er.
„Wenn ihr wollt,
dürft ihr Akira
mal Gassi führen.

Aber nicht hier,
sondern
auf der Hunde-Wiese
in Schmuddelfing.
Habt ihr dazu Lust?“

„Krötige Lust!“,
rufen die Olchi-Kinder.

Sie nicken so kräftig
mit den Köpfen,
dass die harten Olchi-Haare
klappern.

„Wuff! Wuff!“, macht der Hund.
Und das soll heißen:

„Schleime-Schlamm und Käsefuß,
Hunde sind ein Hochgenuss!
Rattenschwanz und Hühnerbein,
kann das Leben schöner sein?“

Willkommen in der

Büchersterne

Rätselwelt

Büchersterne-Rätselwelt

Hast du Lust auf noch mehr Lesespaß?

Die kleinen Büchersterne haben sich tolle Rätsel und spannende Spiele für dich ausgedacht.
Auf der nächsten Seite geht es schon los!

Wir wünschen dir viel Spaß!

Lösungen auf Seite 56–57

Bild-
salat

Kannst du die Bilder den richtigen Sätzen zuordnen?

Auch die dummen **Spinnen** haben zu gar nichts Lust.

In Olchi-Papas Badewanne bekommt er ein schönes **Müllbad**.

Auf der Schnauze kann er einen **Knochen** balancieren.

Er nimmt den Hund an die **Leine**.

1

2

3

4

Spieglein, Spieglein

Kannst du die Spiegelschrift erkennen?

Männchen

Männchen

Matsch

Matsch

Büchersterne-Rätselwelt

Kunststück (printed in mirror writing)

Kunststück (handwritten)

Akira (printed in mirror writing)

Akira (handwritten)

Mein Tipp:

Nimm einen Spiegel zu Hilfe!

Fehler-
bild

Im unteren Bild sind 5 Fehler. Kannst du sie alle finden?

Büchersterne-Rätselwelt

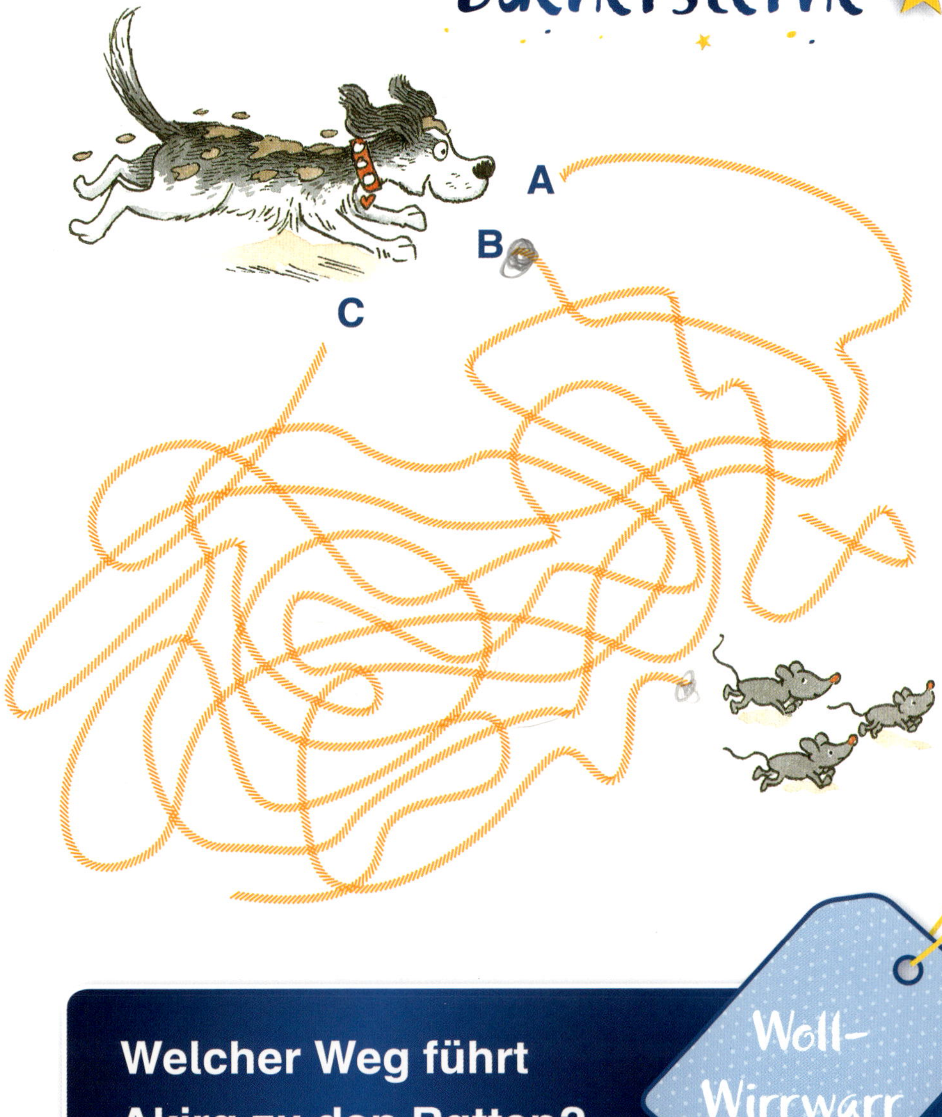

Welcher Weg führt
Akira zu den Ratten?

Woll-
Wirrwarr

Würfel-spiel

Spiel für zwei! Wer sammelt für Akira zuerst 4 Knochen?

Ihr braucht:

- 1 Würfel
- 2 Spielfiguren
- 7 Kieselsteine

Würfelt abwechselnd! Kommst du auf einen KNOCHEN? Dann lege in deinem Feld einen Stein ab.

Wort-
salat

Im Matsch sind Wörter durcheinandergeraten. Kannst du sie ordnen?

e t ö K r

Kröte

Hund

n d u H

s s G a i

Gassi

- Ich bin kein Hund.
- Ich bin grün.
- Ich bin ein Olchi.
- Meine Füße sind trocken.

Satz für Satz kannst du Figuren ausschließen. Welche bleibt übrig?

Lese-Logik

Buch-
staben-
Mix

Hund fängt mit „H“ an. Wie oft kannst du den Buchstaben finden?

H M R
Q
B D H O
G W Y H
H
H R P
P
M H

Wo liegt der alte Hut?

Suchbild

Wort-
kreuze

Welche Wörter verstecken sich hier? Finde das Lösungswort!

	I	S	T	E			G	
R							A	
Ö					F	U		Z
T			S				A	
E			P				G	
		K		N	D		E	
			N					
			N					
			E					

	N		
M		N	N
	S		
	E		

	D		
	R		
F		U	L
	C		
	H		
	E		

LÖSUNGSWORT:

Rätsel-
Lösungen

Alle Rätsel gelöst? Hier findest du die richtigen Antworten.

Seite 50 • Wortsalat

Kröte, Hund, Gassi

Seite 51 • Lese-Logik

Das Olchi-Mädchen bleibt übrig.

Seite 52 • Buchstaben-Mix

„H" ist sechs Mal versteckt.

Seite 53 • Suchbild

Seite 54-55 • Wortkreuze

Lösungswort: AKIRA

Seite 42-43 • Bildsalat

Auch die dummen **Spinnen** haben zu gar nichts Lust. = Bild 1

In Olchi-Papas Badewanne bekommt er ein schönes **Müllbad**. = Bild 4

Auf der Schnauze kann er einen **Knochen** balancieren. = Bild 3

Er nimmt den Hund an die **Leine**. = Bild 2

Seite 44-45 • Spieglein, Spieglein

Männchen, Matsch, Kunststück, Akira

Seite 46 • Fehlerbild

Seite 47 • Woll-Wirrwarr

Weg „B“ führt ans Ziel.

1./2. Klasse

Olchi-Spaß und Tor-Erfolge!

Erhard Dietl
Die Olchis auf dem Schulfest
ISBN 978-3-7891-2389-4

Rüdiger Bertram
Jacob, der Superkicker.
Der Ball muss rein!
ISBN 978-3-7891-1249-2

Erhard Dietl
Die Olchis und
die große Mutprobe
ISBN 978-3-7891-2373-3

Rüdiger Bertram
Jacob, der Superkicker.
Falsches Spiel
ISBN 978-3-7891-2352-8

Oetinger

Weitere Informationen unter:
www.buechersterne.de und www.oetinger.de

Lesespaß für Leseanfänger

Samsalabim: Wunschpunkt-Zauberei!

Paul Maar
Das Sams und die Wunschmaschine
ISBN 978-3-7891-2449-5

Paul Maar
Das Sams und die Wunsch-Würstchen
ISBN 978-3-7891-0414-5

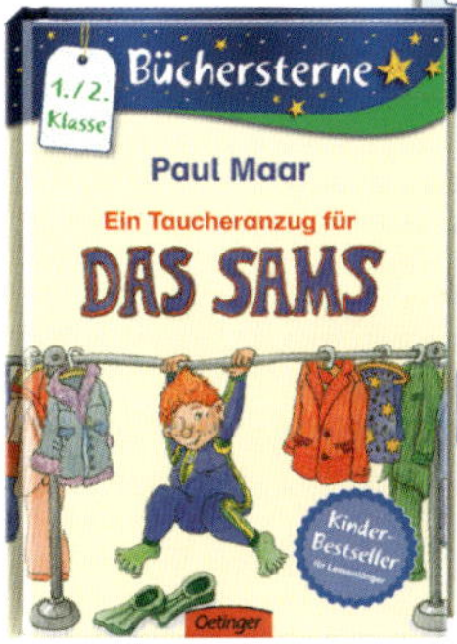

Paul Maar
Ein Taucheranzug für das Sams
ISBN 978-3-7891-2425-9

Paul Maar
Das Sams und der blaue Wunschpunkt
ISBN 978-3-7891-2426-6

Oetinger

Weitere Informationen unter:
www.buechersterne.de und **www.oetinger.de**

Das didaktische Konzept zu Büchersterne
wurde mit Prof. Dr. Manfred Wespel, Pädagogische Hochschule
Schwäbisch Gmünd, entwickelt.

MIX
Papier aus verantwortungsvollen Quellen
FSC® C002795
FSC
www.fsc.org

Überarbeitete Neuausgabe

Poppenbütteler Chaussee 53, 22397 Hamburg

Titelbild und farbige Illustrationen von Erhard Dietl
Einband- und Reihengestaltung von Manuela Kahnt,
unter Verwendung der Sternvignetten von Heike Vogel
Reproduktion: Domino Medienservice GmbH, Lübeck
Druck und Bindung: SIA Livonia Print,
Ventspils iela 50, LV-1002, Riga, Latvia
Printed 2016
ISBN 978-3-7891-2337-5

www.olchis.de
www.oetinger.de
www.buechersterne.de